¡QUÉ COSAS DICE MI ABUELA!

Dichos y refranes sobre los buenos modales

Ana Galán

Ilustrado por
Pablo Pino

SCHOLASTIC INC.
New York Toronto London Auckland
Sydney Mexico City New Delhi Hong Kong

A mi sobrina Paula.
—A.G.

Para Agos y Jesi,
por soñar conmigo.
Y a mi mamá, por
sus dichos y apoyo
incondicional.
—P. P.

ISBN 978-0-545-32863-0

18   18 19 20 21 22/0

Printed in the U.S.A.   40

First Spanish printing, September 2011

Mi abuela siempre dice que
buenas palabras y buenos modales
abren puertas principales.
Y seguro que tiene razón porque
ella sabe mucho.

Todas las mañanas, antes de que vayamos
a la escuela, comprueba que estemos listos
y bien limpios.

—**El aseo en la persona muchos bienes
proporciona** —dice.

Después, ayuda a mi hermanito
pequeño a abotonarse la camisa.
—**Bien vestido, bien recibido**.

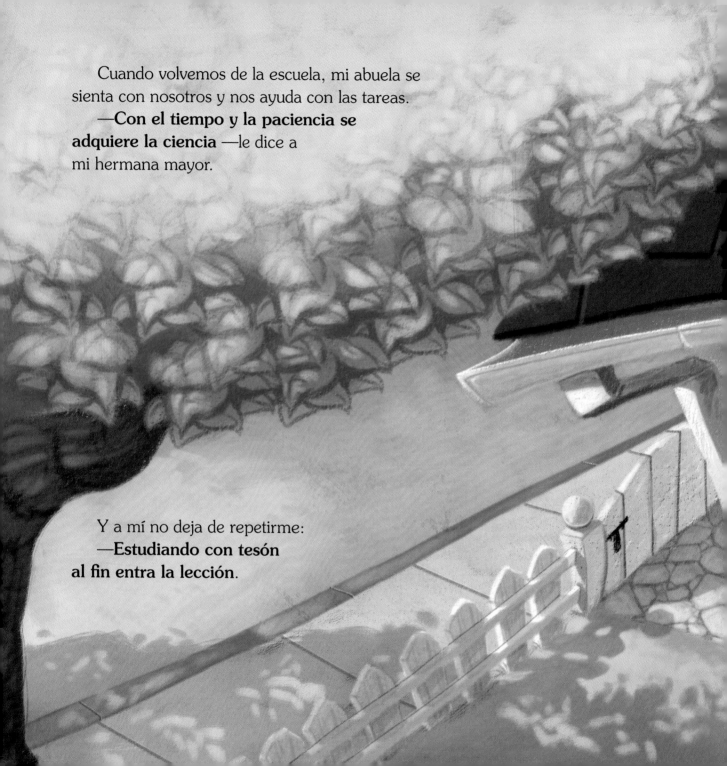

Cuando volvemos de la escuela, mi abuela se
sienta con nosotros y nos ayuda con las tareas.
   —**Con el tiempo y la paciencia se
adquiere la ciencia** —le dice a
mi hermana mayor.

Y a mí no deja de repetirme:
   —**Estudiando con tesón
al fin entra la lección**.

A mi hermana le gusta
cantar en todo momento,
¡hasta en la mesa!

—**Al que come y canta algún
sentido le falta** —dice mi abuela
riendo.

Luego mira a mi hermano, que tiene tanta hambre que parece que va a comerse el plato:

—**Cuando te sientes a comer, los codos en la mesa no has de poner** —le recuerda.

Mis amigos siempre quieren venir
a casa a comer ¡porque mi abuela
cocina tan rico!

—**Quien comparte su comida
no pasa solo la vida** —dice.

—¿Puedo repetir? —le pregunto con la boca llena.

—**En boca cerrada no entran moscas** —me corrige mi abuela para que trague antes de hablar.

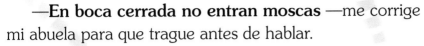

—¿Podemos tomar un refresco,
abuela? —pregunto.
—**Agua corriente sana a la gente**
—me dice ofreciéndome un vaso de agua.

Cuando terminamos de comer, quiero ir a jugar,
pero me pasa la servilleta para que me limpie:
—**Boca sucia no habla limpio** —dice.

A veces, al jugar, hablamos muy rápido
y todos a la vez, y mi abuela nos recuerda:

—**El hablar bien poco cuesta. Tan
importante es saber hablar como saber
callar y escuchar.**

—¡Cuidado! —dice mi abuela—. No te subas a esa silla.
¡Ay, ay, ay! No la escuché.

—El que no oye consejo no llega a viejo —me dice
poniéndome hielo en el chichón.

Mi abuela se pone muy seria si tratamos mal a nuestros amigos.

—**Una cosa es ser sincero y otra es ser grosero** —dice.

Pero si decimos mentiras nos advierte:

—**A quien mucho miente le huye la gente**.

Cuando le cuento que yo y mis amigos hicimos algo, mi abuela siempre me dice:

—**El burro delante para que no se espante**.

Así me recuerda que tengo que decir "mis amigos y yo".

Y si ve que mi hermana
le dice cosas al oído a
alguien, exclama:
—**Secretitos en reunión
es mala educación.**

Mi abuela nos enseñó que no importa donde vivas.
—**En casa chica, gran hombre cabe**.

Ni cómo eres, ni de dónde vienes.

—De mal o buen aspecto, todos merecen respeto.

Siempre nos recuerda que es muy importante decir por favor y dar las gracias.

—**Al agradecido, más de de lo pedido**.

Mi abuela nos anima a compartir nuestros juguetes con los demás.
—**Quien mucho da, mucho recibe** —dice.

Y no se cansa de repetir:
—**Es mejor dar que recibir**.

A veces vamos con ella a hacer compras
y nos pide que no toquemos nada.
—**Ver y no tocar se llama respetar**.

Mi abuela nos enseñó que los buenos
amigos son importantes.

—**Quien a buen árbol se arrima, buena
sombra le cobija**.

Y que debemos ser amables
con todos.

—**Haz bien y no mires a quién.**

¡Mi abuela me quiere tanto que hasta
en la cama me quiere enseñar!
   —A la cama no te irás sin saber
una cosa más.